NOTICE

SUR

L'ORIGINE ET LE NOM DE LA FAMILLE

FRANCALLET,

DE SAINT-MARTIN-DE-BAVEL.

NIMES,
IMPRIMERIE LAFARE ET ATTENOUX,
PLACE DE LA COURONNE.

—

1862.

NOTICE

SUR

L'ORIGINE ET LE NOM

DE LA

FAMILLE FRANCALLET,

DE SAINT-MARTIN-DE-BAVEL.

Je me fais un devoir de déclarer, en commençant cette notice, que je n'ai point la présomption de considérer mes assertions comme étant complètement à l'abri de la critique. Le soin que j'ai apporté dans mes investigations, une étude consciencieuse des documents dont j'ai pu disposer, et enfin, la parfaite connaissance des lieux où se sont passés les faits que je vais raconter, ne m'ont pas entièrement prémuni contre le sentiment de mon insuffisance. Mais quel que soit le jugement qu'on puisse porter sur ce modeste travail, j'estimerais l'œuvre assez utile si elle a le mérite d'attirer l'attention d'hommes érudits et compétents sur les obscurités que j'ai cherché à dissiper. Ce ne serait pas, en effet, un mince résultat que de mettre en pleine lumière l'origine d'une famille toute française dont le nom féodal a traversé tant de siècles, et remonte peut-être à l'époque du premier établissement des Francs dans la Gaule Transalpine.

Dans une dissertation de cette nature, où les moindres indications peuvent être d'une grande importance en venant à l'appui des faits spéciaux, il me paraît indispensable, avant d'entrer en matière, de jeter un coup-d'œil rapide sur la transformation en France, de la plupart des alleux en bénéfices et en fiefs.

En droit ancien, le mot *Franc* désignait : 1° une personne libre en tant qu'opposée au serf; 2° une personne ou une terre exempte de charges et impositions publiques ou particulières. Les nobles étaient par leur qualité, *francs* et *exempts* de tout impôt : c'est pour cela que les *alleux* étaient souvent appelés **Francs-alleux**, qu'on appelait *Franc-fief*, un héritage noble, parce qu'il ne pouvait être possédé que par une personne exempte d'impôts.

Sous le régime de la féodalité, la *terre était tout;* c'est elle qui *donnait* au *propriétaire* ses *titres* et le *nom* qu'il *portait.* Chaque seigneur était dans son domaine un propriétaire souverain, ayant à l'égard de ses vasseaux ou plutôt de ses sujets un pouvoir absolu et sans limites : *le seigneur était seigneur dans tout le ressort, sur tête et cou, vent et prairie.* C'est de l'indépendance complète de l'alleu qu'est né l'adage: *on ne tient un alleu que de Dieu et de son épée.*

Les premiers *alleux* furent les *terres* que les *Francs* s'attribuèrent dans les lieux où ils s'établirent et qu'ils reçurent en partage; c'était la terre possédée par l'homme libre, pour laquelle il ne relevait de personne, et dont il disposait suivant sa volonté. Mais, par la suite, le nom d'*alleu* fut donné à toute terre qui ne relevait pas d'une autre, quelle que fût d'ailleurs l'origine de la possession, achat, succession, etc.; le caractère distinctif de l'alleu résida dès lors, non plus dans l'origine de la propriété, mais dans son indépendance, et l'on employa comme synonymes d'*alleu* les mots *proprium, possessio, prædium, etc.*

Tant que dura l'état barbare qui suivit la conquête, le régime des alleux put se maintenir; mais, dès que la société se reconstitua, l'isolement des individus et leur indépendance complète étant un obstacle trop grand pour que les alleux pussent subsister, on les convertit en fiefs, ou l'on imposa aux propriétaires d'alleux les mêmes obligations qu'aux propriétaires de fiefs.

Lors de la ruine de l'empire carlovingien, au milieu du désordre général et des invasions des Normands, des Sarrasins et des Hongrois, le besoin de se réunir pour résister à l'ennemi, et pour se protéger les uns les autres, changea la nature de la propriété.

Alors presque tous les alleux furent convertis en fiefs; et, lorsque la propriété eut été ainsi féodalisée, la révolution politique qui substitua le gouvernement feodal au gouvernement monarchique, fut accomplie. Cependant il se conserva quelques alleux; mais, à l'époque de la monarchie absolue, ils subirent le même sort que les bénéfices.

Le *bénéfice*, soit qu'on le croie directement issu du *beneficium* romain, c'est-à-dire de la concession de terre faite par les empereurs aux vétérans des légions et aux barbares colonisés dans l'empire, soit qu'on le regarde comme né de l'usage où étaient les chefs germains de s'attacher leurs guerriers par des présents, des armes, des chevaux, par des terres, lorsqu'ils en eurent à donner, le bénéfice était la concession faite par une personne sur ses biens propres à une autre, à la condition de certains hommages et de certains services; cette concession était le plus ordinairement faite pour tout le temps que durait la vie du concessionnaire, quoiqu'on trouve aussi des bénéfices révocables à volonté, ou bien annuels, ou encore, et cela dès les temps les plus anciens, héréditaires.

Le mot *fief*, sous aucune de ses diverses formes, n'est pas très-ancien, au moins dans les monuments écrits; on en a signalé quelques exemples dans des chartes de la seconde moitié du IXe siècle, mais qui toutes sont suspectes de fausseté. Dans le droit du moyen-âge, le nom de fief a été donné à toute propriété utile, terre, office ou simple rente, qu'une personne concédait à une autre sous la condition que le preneur le reconnût pour son seigneur, lui gardât fidélité, lui rendît certains services, principalement celui de le suivre à la guerre, enfin lui payât certaines prestations. Dans l'origine, ce n'était pas la terre même, mais la concession, le contrat ainsi passé entre le seigneur et le vassal, à qui s'appliquait le nom de fief.

C'est dans une charte de Charles-le-Gros, en 884, que le mot fief est employé pour la première fois pour désigner ces sortes de concessions, que jusqu'au IXe siècle, on avait appelées *beneficium*, bénéfice. On distinguait les fiefs en grands fiefs ou prairies féodales; en fiefs simples, qui relevaient de la couronne, et arrière-fiefs dont les possesseurs ne relevaient qu'indirectement de la couronne et dépendaient d'un seigneur qui lui-même était feudataire et soumis à un suzerain plus puissant.

Le nombre des fiefs varia en France d'une manière infinie, de telle sorte que le régime féodal consistait dans une espèce de confédération de seigneurs investis chacun d'un pouvoir souverain dans leurs propres domaines, mais inégaux en puissance, subordonnés entre eux, et ayant des devoirs et des droits réciproques. De là une distinction entre les seigneurs suzerains et les vassaux ou feudataires. Le vassal était celui qui, ayant reçu à titre de récompense une propriété territoriale nommée bénéfice ou fief, se trouvait par là dans la dépendance du donateur, auquel il devait foi et hommage. Le suzerain était celui qui, ayant conféré le fief, avait droit à l'obéissance du vassal. Du reste, le même seigneur pouvait être suzerain pour certains fiefs (ceux qu'il avait conférés), et vasssal pour d'autres (ceux qu'il avait reçus).

Du bénéfice au fief la transition est insensible; elle ne se fit pas à un moment donné, mais fut l'œuvre lente et invisible du temps. En France, l'hérédité des fiefs fut sanctionnée en 587 par le traité d'Andelot; elle le fut de nouveau trois siècles après par l'édit de Quierzy-sur-Oise (877), qui étendit l'hérédité aux gouvernements des provinces de l'empire carlovingien. De ce moment commence la véritable époque féodale; les possesseurs des fiefs devenus héréditaires accrurent facilement leur puissance sous les derniers carlovingiens, et les grands feudataires devinrent de fait indépendants. Dans l'origine, presque tous les bénéfices étaient amovibles; quelques-uns étaient viagers; mais bientôt ils devinrent pour la plupart héréditaires; néanmoins il y eut longtemps à la fois des fiefs temporaires, des fiefs viagers et des fiefs perpétuels.

La *tenure servile* était celle que l'on concédait à des personnes, soit de condition servile, soit même de condition libre, mais à la charge de prestations en argent ou en nature, et de services corporels.

En résumé, l'état de désordre et d'hostilités permanentes dans lequel on vivait au moyen-âge, vers la fin de la seconde race et le commencement de la troisième, força chaque individu à chercher une protection, à s'affilier à un individu plus puissant, et à mettre sa personne et ses biens sous sa sauvegarde, moyennant des services ou des redevances préalablement réglés entre les deux contractants. En même temps, toutes les concessions révocables ou viagères tendirent, par tous les moyens, à devenir héréditaires, et c'est ainsi que se forma le vaste édifice de la féodalité, qui depuis le roi, le plus élevé des suzerains, jusqu'au dernier vassal, embrassait toute la partie influente et guerrière de l'État, au-dessous de laquelle vivaient, dans une condition voisine de la servitude, tous ceux qui, tenant des terres serviles, étaient affranchis du service militaire et obligés aux tailles et aux corvées. — La première catégorie née de l'organisation des *bénéfices* forma le système des *fiefs;* la seconde comprenait ce qu'on appela plus tard les *censives* et *rotures.*

C'est donc à l'époque de la conquête de la Gaule par les Francs que le système féodal fut régulièrement établi, car toutes les terres conquises furent alors divisées en *alleux* ou *terres libres* dévolues par le sort à des *chefs indépendants*, et plus tard, en *bénéfices* ou *fiefs*, terres concédées par un chef à ses compagnons d'armes en récompense des services qu'ils lui avaient rendus à la guerre. — Louis XI et Richelieu portèrent à la féodalité les premiers coups, et la Révolution française acheva d'en faire disparaître les dernières traces.

Si maintenant on veut aller plus loin et chercher dans les documents des deux premières races, on n'en tirera que des renseignements vagues et incomplets.

Je me bornerai donc à dire quelques mots du Bugey, aujourd'hui compris dans le département de l'Ain.

Ce petit pays était borné au nord par la Franche-Comté, au sud et à l'est par le Rhône, et à l'ouest par la rivière de l'Ain ; sa superficie était d'environ quarante myriamètres carrés. On croit que le Bugey était, du temps de César, habité en grande partie par les *Segusiani.* Sous Honorius, il se trouvait placé dans la première Lyonnaise. Comme la Bresse, il dépendit plus tard du royaume de Bourgogne ; mais la plupart des seigneurs particuliers qui le gouvernaient se rendirent indépendants, et la maison de Savoie, par échange ou par achat, acquit successivement toute la contrée, qu'elle céda, en 1601, avec la Bresse et le pays de Gex, à Henri IV, en échange du marquisat de Saluces. Le Bugey, dont Belley était la capitale, dépendit alors du gouvernement de Bourgogne. J'ajouterai que le Bugey avait pour annexes le pays de Gex et le Valromey.

Quant à la commune de Saint-Martin-de-Bavel, berceau de la famille Francallet, elle est comprise, depuis 1790, époque de la division de la France en départements, dans le canton de Virieu-le-Grand qui lui-même fait partie de l'arrondissement de Belley (Ain). Cette commune se compose, outre le village de *Parou*, de trois hameaux : *Lavelle*, *Nécuda* et le *Truc*, dont la population totale n'atteint pas le chiffre de 500 habitants. C'est un pays pittoresque, entouré de hautes montagnes, de cascades, d'abîmes et de lacs.

Ceci étant dit, j'entre tout de suite dans l'examen des principaux documents formant la base de mon sujet.

On sait que la loi du 28 mai 1858 impose aux administrations publiques l'obligation formelle de n'insérer dans les actes émanés de leur compétence respective d'autres qualifications nobiliaires que celles qui sont appuyées sur des pièces officielles et probantes. Mais la Révolution de 1790 ayant, par tous les moyens en son pouvoir, provoqué la destruction des titres *entachés de féodalité*, il est aujourd'hui bien difficile aux possesseurs légitimes de ces titres d'en fournir les preuves et d'établir leurs qualités héréditaires. Les difficultés sont d'autant plus grandes qu'au moyen-âge, le droit ne reposait guère que sur des *coutumes non écrites*, des *conventions verbales* intervenues entre les seigneurs et leurs vassaux. D'un autre côté, le nom de *Francallet* n'est pas un *nom proprement dit*, mais bien un terme féodal s'appliquant aussi bien à la terre qu'à la personne. D'où il suit que le véritable nom *patronymique* de ma famille est probablement tombé dans l'oubli depuis que le titre de *Franc-alleu* lui a été substitué, car il est évident que ce n'est que par corruption que *Franc-alleu* est devenu *Francallet*. Mais comme affirmer ne prouve rien, et qu'il faut toujours des preuves à l'appui de ce qu'on avance, je vais essayer d'en donner de fortes et bonnes, éminemment propres, selon moi, à dissiper tout doute à cet égard.

Le plus ancien, et aussi le plus important des documents mis à ma disposition, va me servir de point de départ, tout en éclairant la marche de mes investigations. Je veux parler du *testament solennel d'Antoine Francallet, mon aïeul*, acte portant la *date* du *24 octobre 1848*, et dans lequel se trouve un passage ainsi conçu :

« *A commencé par le signe de la Sainte-Croix, disant* « IN NOMINE PATRIS, ET FILII ET SPIRITUS SANCTI. AMEN. *A élever* « *la sépulture de son corps au cimetière de l'église dudit* « *Saint-Martin*, TOMBEAU DE SES PRÉDÉCESSEURS, *à laquelle* « *sépulture il veut être dites deux messes de mort, savoir :* « *une grande et une basse, autant à son quarantal et la même* « *quantité à son anniversaire, la rétribution de tout quoi il* « *veut être payée par ses héritiers, etc.* »

Or, ce passage donne lieu à plusieurs remarques extrêmement importantes. D'abord, il nous apprend que le tombeau de mes aïeux était établi dans l'intérieur de l'église de Saint-Martin-de-Bavel et non ailleurs, car les mots : *à laquelle sépulture il veut être dites deux messes de mort, etc.*, le prouvent jusqu'à la dernière évidence, parce que c'est ainsi qu'on s'exprimait autrefois pour indiquer le tombeau même sur lequel le mourant demandait que des messes fussent dites, et que jamais le prêtre ne sortait de l'église pour célébrer le Service divin. Si donc le notaire a employé le mot *cimetière*, c'est que personne n'ignore qu'à l'époque où il écrivait ledit testament, les riches et les grands se disputaient encore quelques pieds du sol des églises et des temples pour y creuser des tombeaux, ce qui faisait de ces lieux sacrés de véritables cimetières.

Cette assertion est tellement vraie, qu'en 1765, le parlement de Paris, frappé des dangers sans cesse renaissants d'ouvrir et de refermer à chaque instant des tombeaux dans les églises, ordonna, par un arrêt de réglement sur la police des sépultures, que les champs mortuaires seraient désormais placés hors de l'enceinte des murs de la capitale, et que l'on fermerait ceux qui se trouvaient dans son intérieur.

De plus, cette précieuse découverte en a amené d'autres qui ont eu pour résultat immédiat, la preuve indubitable de la noblesse de mes ancêtres, et voici comment : Muni du testament authentique de mon aïeul, je me rendis à Saint-Martin-de-Bavel, où, après avoir été introduit dans l'église, je fus agréablement surpris de voir sur la pierre tumulaire scellant le tombeau *d'Antoine Francallet et de ses prédécesseurs*, des armes nobiliaires que je reconnus à l'instant pour les avoir déjà observées dans la maison paternelle, mais sans pouvoir me rendre compte à quelle famille elles appartenaient ou avaient appartenu.

Ces armes sont d'argent, semées de trois feuilles de pervenche de sinople, au chevron d'azur, avec casque surmonté d'une couronne de marquis, etc.

Quant au millésime gravé sur la pierre tumulaire, il marque l'année 1679, et il n'y a point d'autre tombeau dans ladite église de Saint-Martin-de-Bavel, ainsi que je m'en suis assuré.

J'ajouterai, pour corroborer les faits ci-dessus, qu'il est bien avéré que la chapelle de la Sainte-Vierge, dans laquelle se trouve placé le tombeau en question, a toujours été occupée par la famille Francallet, seule; — que de temps immémorial des messes de *requiem* ont été fondées à perpétuité par elle, pour être dites, à certaines époques déterminées, dans ce lieu-même, à l'intention des morts qu'il recèle; — qu'une autre pierre tumulaire exactement semblable à la première, existait jadis dans la partie du cimetière exclusivement réservée, depuis 1790, à la nouvelle sépulture de ma famille; — qu'enfin les anciennes cloches de l'église portaient aussi les armes nobiliaires spécifiées plus haut, et, ce qui vaut encore mieux, le nom de Francallet.

Mais ce n'est pas tout; la réédification toute récente de l'église de Saint-Martin-de-Bavel ayant nécessité le déplacement momentané des dalles dont elle est pavée, j'ai profité de cette occasion favorable pour visiter le tombeau de mes aïeux. C'est un parallélogramme rectangle de 1m 50c de profondeur sur 2m de longueur et 1m de largeur, maçonné en pierres dures dans tout son partour. Il ne contient absolument rien que des ossements tombant en poussière au moindre choc, et trois têtes parfaitement conservées. Ces précieux restes ont été provisoirement recueillis par le vénérable curé de Saint-Martin, qui a bien voulu se charger d'en prendre soin.

Eh bien! ceci vient encore à l'appui de ma thèse, car lorsque le dernier rejeton d'une famille noble mourrait, on l'enterrait avec son casque, son bouclier et son anneau. Dès lors les armes de cette famille étaient éteintes ; elles étaient comme ensevelies avec le mort. Or, rien de tout cela n'est arrivé, et les habitants de Saint-Martin-de-Bavel, parmi lesquels se sont conservées de vieilles et nombreuses traditions orales remontant bien au-delà de l'année 1679, date de l'inscription tumulaire, n'ont jamais ouï dire qu'aucune famille noble eût quitté le pays ou s'y fût éteinte, tandis que ces mêmes traditions veulent que la mienne ait toujours été la plus considérable et la plus considérée de l'endroit, surtout avant la Révolution de 1790. Donc, comme autrefois il n'y avait pas de terre sans seigneur, il faut bien de toute nécessité qu'il en ait existé un dans cette localité, et, jusqu'à présent, toutes les présomptions sont extrêmement favorables à la famille Francallet, dont l'origine féodale ne saurait être douteuse. Aussi, vais-je continuer mes investigations et démontrer surabondamment que ces présomptions ne sont rien moins que des vérités.

J'ai dit plus haut qu'au temps de la féodalité la *terre était tout*, et que c'est elle qui *donnait* au *propriétaire* ses *titres* et le *nom* qu'il *portait*. D'où je tire cette conséquence rigoureusement vraie, que pour prendre le nom ou plutôt le titre de *Franc-alleu*, il fallait en avoir le droit, c'est-à-dire posséder un *alleu*, ou tout au moins tenir un domaine ou une terre en *franc-alleu;* car, à cette époque, les seigneurs étaient trop jaloux et de leurs titres, et de leurs prérogatives, pour souffrir jamais que des roturiers s'en emparassent indûment, de quelque manière que se fût. Or, la personne ou la famille *franche* et *exempte* de tout impôt était, par cela même, noble au premier chef. La chose est tellement évidente qu'il serait superflu d'insister davantage sur un fait qui parle assez de lui-même.

C'est ici le lieu de remarquer, en passant, que les anciennes propriétés foncières de la famille Francallet étaient de toute nature : terres, prés, vignes, bois, etc., et qu'elles s'étendaient sur les territoires et *dixmeries* de Saint-Martin-de-Bavel, Virieu-le-Grand, Artemart et Ceyzerieu. Leur importance était telle que certain document écrit, du 10 septembre 1749, en fixait la valeur approximative à plus de cinq cent mille *livres*.

Cette famille avait donc, avant le morcellement de l'héritage paternel, toutes les qualités nécessaires pour jouer le premier rôle dans le pays, et nul doute qu'elle n'ait autrefois exercé les droits seigneuriaux sur les personnes et les propriétés relevant de la seigneurie de Bavel.

Néanmoins, pour éclaircir de plus en plus ce point essentiel, je vais raconter succintement ce que la tradition nous apprend de plus positif sur l'origine de mes nobles ancêtres.

Il est historique que les premiers *Francs* n'étaient que des *hordes barbares* conduites, par de valeureux chefs qui, au moment de la conquête ou de leurs conquêtes successives, s'établirent sur différents points de la Gaule dont ils possédèrent le terres en *hommes libres*, le Roi n'étant, par le fait, que le premier de ses égaux et n'ayant aucun pouvoir sur ses compagnons d'armes, une fois le combat terminé.

En effet, la conquête franque s'était assise sur le sol gaulois. Les chefs s'étaient approprié certaines parties du territoire et s'y étaient établis avec leurs hommes. Les relations de chef à compagnon subsistèrent, et les hommes du chef continuèrent à vivre à ses dépens, sur la terre dont il s'était emparé et dont la propriété lui demeura entièrement personnelle et privée. Les propriétés territoriales se répartirent seulement par masse et entre un assez petit nombre d'individus. Le Roi s'attribua la principale et la plus belle part des domaines, distribua le reste aux principaux chefs de l'invasion, qui, à leur tour, par la conquête, par la vaillance, par l'usurpation, augmentèrent leurs propriétés territoriales. Le goût de ces sortes de propriétés s'étant répandu, les terres devinrent les présents par lesquels les rois et les hommes puissants s'appliquèrent à conserver leurs compagnons et à en acquérir de nouveaux.

Eh bien! par une coïncidence aussi frappante que significative, il existe encore aujourd'hui, au point le plus élevé de la commune de Saint-Martin-de-Bavel, les ruines éparses et intéressantes d'un château féodal, jadis entouré de masures ayant servi d'habitations à des *soldats francs;* et, chose remarquable, le terrain sur lequel se trouvent ces ruines est appelé *Hordier*, nom qui rappelle, comme on sait, celui de horde (troupe, famille, peuplade errante), et qui signifie demeure, résidence du chef suprême d'une troupe de guerriers nomades. C'est sur cette éminence, qui domine toute la vallée, que se dressaient, fières et orgueilleuses, les tours du manoir féodal, résidence du seigneur suzerain de la contrée, laquelle il tenait en *franc-alleu* de ses pères d'origine franque. Mais cet antique château, qui avait bravé l'injure des temps, dut céder aux coups répétés de ses ennemis qui le démantelèrent.

Bien qu'on ne puisse pas déterminer d'une manière précise la date de sa ruine, on a tout lieu de présumer que se fut vers la fin du XVIe siècle, époque où les guerres de religion éclatèrent avec plus de force dans le Bugey. Les dissensions religieuses y avaient poussé de si profondes racines, que des souffrances de toutes sortes pesèrent sur le peuple durant ces luttes fratricides, où l'Évangile était invoqué sans cesse par des partis implacables qui promenaient sur la contrée le fer et la flamme.

On pourrait donc, ce me semble, sans trop d'invraisemblance, supposer qu'après avoir soutenu divers siége, le château de Bavel fut abandonné aux Huguenots qui consommèrent sa ruine, parce que son possesseur était un ferme défenseur de la foi catholique.

Mais ne voulant appuyer mon opinion que sur les apparences les moins contestables, je dirai tout simplement que c'est à la suite de ces calamités que le marquis N...., seigneur de Bavel et de Chavrary, vint s'établir à l'extrémité du village de Parou, dans cette ferme ou métairie qui est l'ancienne maison paternelle de la famille Francallet, et dont les fenêtres en ogives, l'aiguille élancée et l'architecture gothique indiquent parfaitement son origine féodale.

Cet infortuné marquis, espérant déjouer les projets de vengeance de ses ennemis qui avaient juré sa perte, quitta, par prudence, ses titres et son nom. Il prit naturellement le nom de *Franc-alleu*, titre que portaient alors les seigneurs possédant un domaine en *franc-alleu*. Puis, à sa mort, qui arriva bientôt après ce désastre, son jeune fils ne se souvint plus que confusément de son ancienne grandeur, ce qui fut l'une des principales causes de l'oubli dans lequel restèrent ses autres titres nobiliaires.

C'est pendant la minorité de ce dernier que le Bugey passa de la maison de Savoie dans celle de France, dont il était séparé depuis le XIe siècle.

De plus, comme ce même seigneur était d'un naturel extrêmement bienfaisant, et qu'il y avait à Saint-Martin-de-Bavel trois familles très-pauvres, il leur permit de faire paître leurs bestiaux dans ses vastes prairies, notamment sur son domaine de La Chavrary; circonstance toute particulière qui donna lieu aux autres habitants de la commune d'imposer, *par dérision*, à ces prolétaires le surnom de Francallet, bien qu'ils se nommassent et se nomment encore aujourd'hui : *Cuilleraz*, *Couailles* et *Campons*.

Enfin, le jeune seigneur de Bavel fit travailler ses terres comme un laboureur, car tout le monde sait que les nobles pouvaient, sans déroger, s'adonner à l'agriculture.

Maintenant, je vais essayer de découvrir le véritable nom patronymique de ma famille, auquel l'un de mes aïeux a dû substituer son titre de *Franc-alleu*.

On sait déjà qu'autrefois la terre donnait au propriétaire ses titres et son nom, de même qu'aujourd'hui la particule nobiliaire que les nobles placent devant le leur est, le plus souvent, pour *seigneur de.....*, et implique l'idée de domaine. Donc, il est logique de penser que le nom propre de *Bavel*, ajouté à celui de Saint-Martin, est bien réellement le nom *patronymique* de la famille *Francallet*. La chose me paraît d'autant plus vraisemblable que depuis l'époque où la dénomination de Francallet a prévalu, aucun document écrit, que je sache, ne fait mention d'un seigneur de *Bavel*. Or, qu'était-ce donc que cette seigneurie sans seigneur connu sinon un ancien *alleu*? et quel pouvait être le possesseur légitime, de cet *alleu*, sinon un *Franc-alleu*?

Ceci, du reste, s'accorde parfaitement avec l'histoire qui dit expressément que la plupart des seigneurs particuliers du Bugey se rendirent de bonne heure indépendants, de telle sorte que les maisons de Bourgogne et de Savoie alternativement n'eurent sur eux qu'un pouvoir purement nominal. Ils gouvernaient donc par eux-mêmes; et leur *fiefs*, *indépendants* et *héréditaires*, avaient conservé tous les caractères de l'*alleu ;* si le mot n'existait plus dans la pratique, la chose le suppléait.

Il ne faut pas non plus perdre de vue que le Bugey était placé dans une situation politique et géographique tout-à-fait exceptionnelle, qui permit à cette foule de *marquis bugistes* de s'approprier les *marches* confiées à leur garde, de mêmes que les ducs et les comtes faisaient leur bien et leur patrimoine des provinces et des districts dont ils n'étaient que les administrateurs.

D'ailleurs, pourquoi la commune de Saint-Martin-de-Bavel ferait-elle exception à la règle générale, d'après laquelle la plupart des villages de la contrée ont donné leur nom respectif au seigneur de chaque localité?

Dira-t-on que le nom de *Bavel* peut venir d'une partie quelconque du territoire, ou bien de l'un des quatre villages formant la paroisse? Mais rien, absolument rien, ne justifierait cette supposition, car aucune terre en particulier n'a jamais porté le nom de Bavel, et chacun des villages ou hameaux a toujours eu le sien propre.

Quant à l'ancienneté de la paroisse de Saint-Martin-de-Bavel, elle se perd dans la nuit des temps; suivant la tradition orale, elle avait déjà, au commencement du cinquième siècle, une petite église ou chapelle placée sous le vocable de Saint-Martin. La légende va même jusqu'à dire que ce saint, en revenant d'Italie, passa quelque temps dans cette partie de la Bourgogne appelée l'*Éden* du Bugey, chez l'un de ses parents, seigneur d'une localité non désignée. Or, saint Martin naquit à Sabarie, en Pannonie, sous le règne de Constantin, en 316. Il avait dix-sept ans, lorsqu'un ordre de l'empereur le força de s'enrôler dans les légions qui défendaient les Gaules. L'histoire de ce grand homme, écrite par la plume élégante et pieuse de son disciple Sulpice Sévère, nous dit, en effet, qu'après avoir séjourné quelque temps auprès de saint Hilaire, évêque de Poitiers, saint Martin reçut d'en haut l'ordre d'aller convertir ses parents idolâtres, et qu'il fit quelques chrétiens dans sa famille, mais que son père, tribun dans les armées romaines, ne voulut point quitter les faux dieux qu'il regardait comme les protecteurs de ses armes.

Voici maintenant d'autres faits qui entrent d'eux-mêmes en ligne de compte, et qui me paraissent très-propres à jeter un nouveau jour sur certains points de mon sujet.

Il est notoire qu'en 1814, sept maisons du village de Parou, au nombre desquelles se trouvait malheureusement celle de mon père (Joseph Francallet), furent incendiées, non pas par les Autrichiens envahisseurs, mais bien à leur occasion. Le feu se déclara si instantanément et son effrayant développement fut si prompt, qu'en moins d'une heure tout devint la proie des flammes; rien ne put être sauvé. C'est ainsi que tous les papiers de famille les plus précieux soigneusement conservés depuis des centaines d'années furent détruits.

Deux objets se rattachant directement à l'affaire qui m'occupe furent néanmoins épargnés. Ce sont : 1° le portrait en miniature d'Antoine Francallet, mon aïeul, décédé en 1748, lequel est représenté sous le costume des seigneurs du temps de Louis XV. C'est un bijou travaillé avec beaucoup de délicatesse, et transmis de père en fils comme une pieuse relique ; 2° un très-vieux cachet d'une assez grande dimension portant, entrelacées, les lettres initiales J. L. B., au-dessous desquelles sont gravées les armes nobiliaires dont j'ai déjà parlé. Quoique d'un travail grossier à l'extérieur, ce cachet n'en passe pas moins aux yeux de quelques numismates pour pour un objet d'art achevé, vu le temps reculé où il a été fabriqué.

CONCLUSION.

En présence de ce simple exposé, je crois être plus que jamais autorisé à dire bien haut que le nom de *Francallet*, s'est d'abord écrit en deux mots réunis par un trait-d'union *(Franc-alleu)*, puis en un seul mot *(Franc-alleu)*, et enfin, avec cette orthographe : *Francallet*, comme on le prononçait autrefois ; — que cette assertion résulte d'anciens actes notariés où l'on trouve ce même nom orthographié de l'une ou de l'autre des trois manières indiquées ci-dessus, jusqu'à l'époque où la dernière a décidément prévalu ; — que le titre de Francallet, terme féodale désignant une personne ou une terre, et impliquant l'idée de seigneurie, remonte à une haute antiquité; — que la famille qui l'a légitimement porté a dû nécessairement jouer un très-grand rôle dans son pays; — que le tombeau de mes aïeux prouve incontestablement que les armes nobliaires qui y sont gravées étaient bien les leurs; — que le cimier surmontant l'écu desdites armes était autrefois la plus grande marque de noblesse et n'appartenait qu'aux plus braves chevaliers et aux plus hauts seigneurs; — que c'est vers l'époque de la complète destruction du château féodal de Bavel que le seigneur suzerain vint s'établir au village de Parou, où il possédait une belle métairie dont le principal bâtiment d'exploitation lui servir de manoir jusqu'à la fin de ses jours; — que ce manoir n'était autre que la maison paternelle de la famille Francallet, laquelle maison porte encore aujourd'hui l'empreinte de son origine féodale; — que ledit seigneur laissa en mourant un fils en bas âge, et qu'il fut inhumé dans l'église de Saint-Martin-de-Bavel; — que c'est indubitablement de lui et de son fils qu'a voulu parler Antoine Francallet, dans ce remarquable passage de son testament solennel : *tombeau de mes prédécesseurs*, etc.; — que les restes déposés dans ce tombeau sont ceux du marquis de Bavel, de son fils et de son petit-fils (Antoine Francallet); — que la dépouille de leurs ancêtres repose sur les ruines du châteaux de *Hordier*, et que celle de leur descendance dut, conformément à la déclaration de 1776, du parlement de Paris, qui apporta quleques changements salutaire dans les inhumations, trouver place dans un endroits réservé du cimetière même de la paroisse de Saint-Martin-de Bavel; — que la fondation de messe de *requiem*, en commémoration de mes aïeux indique bien leur haute position sociale, parce qu'il n'y avait autrefois que les seigneurs ou les gens riches et puissants qui fussent à même de faire les dépenses qu'elle nécessistait, et qui étaient presque toujours au-dessus des moyens pécuniaires de la plupart des roturiers; — qu'au temps de la féodalité le titre de seigneur était tout pour le vassal; — que la qualité de Franc-alleu impliquant rigoureusement l'idée de seigneurie, celui qui en était revêtu jouissait pleinement des droits seigneuriaux qui en découlaient, sans trop s'inquiéter de ses autres qualifications nobliaires; — que ce n'est que par le cours du temps et le changement radical des choses, que le mot *Fran-alleu* a perdu une partie de sa première signification ; — que sa raison d'être a complétement cessé depuis que, par la loi du 4 août 1789, le régime féodal a été aboli, et qu'il n'y a plus en France de seigneur ni de seigneurie ; — que c'est postérieurement à cette dernière époque que les titres de chevalier, de baron, de vicomte, de comte, de marquis et de duc ont acquis toute leur importance, et qu'ils ont, pour ainsi dire, gagné en honneurs ce que l'autre a perdu en priviléges : — que les mots *Hordier* et *Horde* attachés, le premier à un terrain jonché de ruines franques (1) et qui appartenait encore à mon grand-père, le second à une tribu ou peuplade errante, ne laissent pas le moindre doute sur l'origine de la famille Francallet ; — qu'enfin le nom de Bavel, ajouté à celui de Saint-Martin, ne peut être que l'ancien nom patronymique du seigneur de la localité, et, par conséquent, le mien.

Si, malgré les éclaircissements qui ont été apportés dans la discussion des faits, toutes les difficultés ne sont pas complètement écartées, c'est que (pour me servir du noble langage de Montesquieu) la famille Francallet ressemble à une chaîne antique dont l'œil peut voir de loin le feuillage de la tige, mais non les racines enfouies dans le sein de la terre.

J. L. FRANCALLET.

Nimes, le 1er Juillet 1862.

(1) Outre les ruines déjà signalées, j'ai trouvé dans ce champ, et plusieurs personnes ont découvert avant moi, des médailles à l'effigie de Mérovée, roi de France, que l'on considère comme le troisième de nos rois, ainsi que des monnaies, des fragments d'armes et des squelettes contemporains de ce guerrier.

www.ingramcontent.com/pod-product-compliance
Ingram Content Group UK Ltd.
Pitfield, Milton Keynes, MK11 3LW, UK
UKHW020458220726
13923UKWH00006B/2615